# 镜中对话

水之光 著

百花洲文艺出版社
BAIHUAZHOU LITERATURE AND ART PRESS

**图书在版编目（CIP）数据**

镜中对话 / 水之光著. -- 南昌：百花洲文艺出版社，2021.10

ISBN 978-7-5500-4429-6

Ⅰ.①镜… Ⅱ.①水… Ⅲ.①诗集－中国－当代

Ⅳ.①I227

中国版本图书馆 CIP 数据核字（2021）第 199800 号

# 镜中对话
## JING ZHONG DUIHUA

水之光　著

| | |
|---|---|
| 出 版 人 | 章华荣 |
| 责任编辑 | 郝玮刚 |
| 封面设计 | 肖景然 |
| 书籍装帧 | 兰　芬 |
| 制　　作 | 书香力扬 |
| 出版发行 | 百花洲文艺出版社 |
| 社　　址 | 南昌市红谷滩区世贸路 898 号博能中心 A 座 20 楼 |
| 邮　　编 | 330038 |
| 经　　销 | 全国新华书店 |
| 印　　刷 | 苏州彩易达包装制品有限公司 |
| 开　　本 | 880mm×1230mm　1/32　　印张　4.125 |
| 版　　次 | 2021 年 11 月第 1 版第 1 次印刷 |
| 字　　数 | 101 千字 |
| 书　　号 | ISBN 978-7-5500-4429-6 |
| 定　　价 | 30.00 元 |

赣版权登字　05-2021-359

网址　http://www.bhzwy.com

图书若有印装错误，影响阅读，可向承印厂联系调换。

走出流泪谷，进入泉源地……

# 诗 与 我

据说，写诗的都是怪人。我觉得这是一种偏见！

不过，我也发现在自己认识的诗人当中，很少有人喜欢以诗人自居。但我自己在提及"诗人"这两个字的时候，竟会有一种"叛逆性的自由"感！目前，我的为难之处在于不谙写诗之道，还没弄清楚有时候为什么会迫切地想写一首诗，以及怎样的诗才算灵感之作？

回到两汉时期，《诗经》的研究著作《诗·大序》中指出"诗者，志之所之也。在心为志，发言为诗。"可见，诗是我们情感意志的一种表现形式。很多情感放在心里久了，会渐渐淡忘、模糊，而用语言的形式把它们表现出来，那就是一种永恒的定格。和多数人一样，我也认为诗歌是表达情感的。孔老夫子说过"《书》以道事，《诗》以达意。"意，在心理学上与情感是不易分开的。人生来就有情感，情感天然需要表现，而表现情感最适当的方式就是诗歌。所以，当再回过头去读自己最开始写的诗歌时，我触摸到了那个沦陷在情感世界里的我。孤独、偏执、自以为是，甚至自欺欺人……那个小小的我，在亲情、爱情，以及大大的家国情怀里练习说话，找到适合自己的语气、语调，然后试着开口发出声音。我猛然意识到其实写诗，是为了让我渐渐麻木的神经清醒过来，并训练敏锐。

　　至于有时候为什么会迫切地想写一首诗，比如在梦里的时候，那么想要冲破梦境，写下那一刻蹦跳出来的奇妙词句，我把它归为——灵感。我相信世上有这个东西。可你要问我，它是什么？我只能回答"不知道"。儒学宗师朱熹在《诗集传·序》里引申了这一段话，"人生而静，天之性也；感于物而动，性之欲也。夫既有欲矣，则不能无思；既有思矣，则不能无言；既有言矣，则言之所不能尽，而发于咨嗟咏叹之余者，必有自然之音响节奏而不能已焉。此诗之所以作也。"我渐渐察觉，诗的语言节奏与人的内在节奏是相契合的，自然的，"不能已"的。所以，这样说来"写诗"其实是一件自然生发的事情，是一种情到深处自显现的水到渠成。

# 目录
CONTENTS

**辑一　五色章鱼**

## 辑二　镜中对话

## 辑三　孤独的猫

# 五色章鱼

◇ 那一晚，它鲜艳的外皮
◇ 在灯光下，挑战着每一双筷子的胆量
◇ 以至于，我现在常常会在夜里惊醒
◇ 回想它怎样爬起来，钻回桃花漩涡
◇ 将我苦涩的胆汁带回深海

# 父亲的海

父亲坐下来
用他的新布鞋，蘸了一下海
对他的孙子说，这一半还活着
他又脱掉新布鞋
娴熟地穿起一双老掉的水靴
那是他当年下海用的，及腰
可是这一次，裂缝怎么也包不住
他脚上那道缝过的疤

（2020-1-6）

# 月光沉默

总会听见，月光在朦胧里
喊着母亲的乳名
那是在老屋门口，在香樟树下
在余温凉凉的石板凳上
时间仍未生锈，只是练就了沉默
银色的你，依旧银色
你早已习惯，人们用俗事
让你的光辉暗淡，唯独母亲
会用那首酣睡的童谣将你唱醒
将四月，在浓雾中收集的雨滴唱醒

（2021-4-3）

# 五色章鱼

来自深海，它悠长的触手可以伸向过去
一次偶然的机会
大海将漩涡开成了半朵桃花
它浮出水面，成了父亲捕捞生涯里
仅有的一枚勋章

那一晚，它鲜艳的外皮
在灯光下，挑战着每一双筷子的胆量
以至于，我现在常常会在夜里惊醒
回想它怎样爬起来，钻回桃花漩涡
将我苦涩的胆汁带回深海

（2021-4-26）

# 在水深之处

在水深之处，紫菜
是可以丰收的果树。起初
孢子们在奔跑中完成繁殖
后来，果树像妇人一样开始生产
每一个雾气氤氲的阴天
都容易导致难产，但你听不见
它们的呐喊，就像听不见
靠海吃饭的人们，怎样被雨天
捶打得千疮百孔……
然而水下呀，依然那么暖
暖得就像母胎里的羊水

（2020-11-26）

# 深海的拓印术

一只真正的海陶，拒绝任何的修饰
只接受海泥的不规则，敲击
能让它发出瓷的声音，干净
像初生婴孩的啼哭，历经
一千两百多摄氏度高温的窑火
在一个没有风、没有光的空间
让陈腐，创造魔法
大海深处的细腻与新鲜得以还原
你能触摸到，那抔深海的土壤
曾用黝黑的手法，滋养
亿万个微小的生命
拓印无数代赶海人
谋生时留下的温度

（2021-1-20）

# 海水的呓语

阿公卧床不起，他模糊的言语
像是讲给过世的外公听的
那艘海船，是外公当年
捕海蜇头的渔船，在北麂外海
船老大斗风斗浪、斗海怪
突然，阿公用力一咳
像一只桨剪开了水下的巨影
此刻，他目光如炬
像一头衰老的海怪，说起
他毕生的骄傲。如果
海水也会呓语，一定
也会隐瞒，海怪晕船的秘密


（2020-12-28）

# 穿越水下的光

微光下，夜晚的潮汐
推送着堆叠着希望的舢板
往岸上运送新鲜的紫菜
一个个子不高的女孩
守候在岸边，听着海风作怪
手里握着一束光，每当风起时
她就把按钮往上一推
多像爬楼梯的人
风里响起了"噔噔"声
那是光，穿越了水下

（2020-11-26）

# 在海岸线的尽头

水下藻类，喜欢游走

在海岸线的尽头

有令人向往的空间

不要再为了任何理由

去撼动出走的决心

离开这个被人指手画脚的温度

遗弃这个薅羊毛的地方

带上那首还没写完的诗

去寻找下一句……

（2020-11-29）

# 告别

躺在两张长凳横着的木板上
一旁，安放着一张老式藤椅
坐着另一位百岁老人
没有言语和表情，陪伴着他
昨夜凌晨五点，他醒来过一次
头一回见他瞪大眼睛
倾听山坳深处的风声
他说，有人在呼唤他
是这个和他交手过百年的
深山老林子吗？
还是那轮即将升起的
永不迟到的红日呢？

(2021-3-13)

# 洋娃娃

那天夜里，我醒来
看见母亲正用珍藏的绒丝线
低头在做梦中的洋娃娃
但她找不到一对那么清澈的蓝眼睛
只听她说，再等等
我的母亲一定不晓得
在漫长的等待中
洋娃娃的蓝眼睛已经开成了那片
她坟前的小野花
在四月的雨珠里滚落泪滴

（2020-4-5）

# 种土豆

在阳台种土豆，没有挖土的工具
喜欢泥土嵌入指尖的深度
那是美甲店填不满的一厘米
偶尔挖到一根刺，扎进指甲缝里
也无妨，那种痛
能让某种记忆苏醒
我种的土豆，叶子深绿
每到夜晚，它开的小蓝花总是盛满银色
在风口撒落细碎的月光，那声音
像极了很小的时候
外婆用闽方言给我唱的摇篮曲
很小声，但很好听

（2020-4-11）

# 走山路

夜已深，他们还在走山路
各自挑着一担紫菜，漏着细碎的日常
他走在后面，卸下担子
箩筐底下渗出一块白天讲课的黑板
走在他前面的，是我小姨
穿着鹅黄色毛衣，扎着两边马尾
他跟小姨说，坐下吧，看看月光多亮
小姨歇下担子，没来得及看月光
只顾拍净粘在布鞋上的尘土

这次走山路，天还没有黑
小姨穿着黑跟皮鞋，回过头
看见旧月光早就淹没在锯齿草丛里
那块黑板上还写着字，这次是金色的

（2020-4-5）

# 呢粉大衣

那件呢粉大衣，挂在橱窗
我突然想起母亲病重的时候
家里人要我去买一件大衣
越重越好，多贵的都可以
我想起平日里母亲怎会舍得花这个钱？
父亲说，母亲怕自己骨头太轻
只要一阵风就会被带走
我起了个大早，退掉了我身上的这件
却退不掉母亲当年害怕的那阵风

（2020-8-28）

# 煮手镯

昨日翻箱倒柜，无意间
寻见了一对旧手镯。是母亲
陪嫁的首饰，黑灰黑灰的
听说在水中加入小苏打
一直煮，就可以洗白
我像虔诚的信徒，照着做了
火中煮沸的锈水，真的带走了
银饰上的旧色，让人意外的是
沸水还原的手镯，一只
藏银色，另一只纯银色
我真不应该，煮开
一个沉睡了多年的秘密

（2020-11-2）

# 秋思

教室里，孩子们晨诵的
文字，铺排成一片草被
盖在田垄上，暖着那年
你在初秋种下的种子
你一定是看见青草枯萎了
才拾起当年扔在路边的锄头
身影微弓。我在一个降了温的
夜里，看见你来了

（2020-4-5）

# 秋天的伤

没有什么比一觉醒来
山雨欲来，满天昏暗更可怕
提早到来的暗度
会让人有一种莫名的恐慌
我奋力寻找眼镜的样子
多么像，多年前的那个午后
在别人家玩累了，一不小心
睡沉了，醒来时头也不回
去找母亲，如今呀
只能找到，那个开满小白花的土丘

（2020-10-17）

# 蓝颈瓶

那天收拾老屋，父亲
捡拾一件件家什，形容枯槁
呆望着，母亲当年的嫁妆
那件蓝颈瓶，是母亲
最喜欢的，已经碎迹无存
父亲说"不小心"的时候
声音很轻，像是说给母亲听的
我想起，自己常常抱着蓝颈瓶
小心翼翼地往回走，每一回
都在梦里

（2019-4-5）

# 苦草花

屋后的小山丘上，长了
一簇深绿色的苦草。成串的花
像炸开的小星星。那是母亲
专为我栽的，小时候的我
是个小麻烦，动不动就得折腾
大人整宿无眠。有一次夜里发烧
母亲惯常捻下几片长在最外围的
叶子。水沸之后，它的苦更苦了
母亲告诉我，这是药。我永远
记得母亲没有说出来的话，咽下苦
不是为了吃到甜

(2018-4-5)

# 活在山下

跨过一条松针小路
掀开一个隐匿的黎明
五六间石屋安坐在氤氲中
似子孙同堂的全家福
脚步声惊醒了干涸的溪床
半石墙从囚禁他的老藤里
挣脱出来，隐现出几道烟黑的痕迹
深绿却似一头猛兽吞没了所有
我们在这条松针小路上
被原路退回，就像很多人
都需要经历的那一次
向后倒退

（2017-9-11）

# 老蝉

醒来时，一只老蝉躲在窗缝里
把"知了""知了"喊成了一柄柄刀
多像小时候，在门口那株老香樟树上
看到的他的朋友，声嘶力竭
把童年拉锯得很燥热
可是，每当你靠近的时候
它又保持缄默
好像那段时光从未发生过

（2017-3-1）

# 懂得

十字路口，一个乞丐
让你停住了脚步，他撑开
一把精致的阳伞，躺在夕阳下
把玩。他的眼神在搜寻着什么
却又毫不在意。令人困惑不解
直到，阳台上的一朵小花
用透明的花瓣，开出了一个世界

（2017-5-16）

# 清明雨

昨夜的雨翻动了根土
打在玻璃窗上哔啵作响
砸醒了十二年前
一个小女孩的惊恐

那时她手里抱着什么
像一只受伤的小鹿
在弯曲又泥泞的山路上
逃窜

雨声很大
砸破了梦
砸碎了思念
却砸暖了根土

（2017-4-5）

# 乌贼骨

用柔软包裹的坚硬
可以用来降火
这是外婆留给孙女的秘方
越是陈年的乌贼骨越白
在白色里面加入
火腿片咸鸭蛋和萝卜丝
可组合一味良药
温补童年

（2021-5-2）

# 老屋

车速踩到 80 码
灯影将老屋拖曳而过
像一些日子，转瞬消失不留痕迹
车子停在车库，熄了火
我坐在黑夜里，向着老屋
握紧了方向盘

（2021-5-12）

# 戴口罩

那日回乡。照例遇见了一个退守已久的人
灰旧的长衫里，还藏着那件可辨识的道服
他跨上公交车坐下，用手理了理斑白的两鬓
一阵奔跑而来的咳嗽声，让他倏忽弹起
越过拉长的声线，急向司机索要口罩
若干年前，他就擅长用声音蜇人
那时，还会抖头眯眼，走步乱跳
总能给人一个隔空的激灵。非常奇异
但凡村里有人生病，都找他做法
只见他画一符，烧半，命人开水服下
仿佛就能治疗那人的三魂七魄。
一天夜里，我见母亲端起一个崭新的白瓷碗
仰头默念，一饮而下。还用拇指
揩下"灵符"的灰烬，那样用力
像是能卸下老道长身上的灵力。让他此刻，
不得不小心翼翼地给自己掖好口罩

(2021-6-12)

# 包粽子

她系着围裙，坐在小板凳上
两手卷起一张新鲜干净的箬叶
迅速地折叠，让一个家成形
将糯米搅拌进去，她开始讲述
兄妹八人，当年挨饿的情形。
如今，棉线早已取代了棕榈树的叶子
粽子上浅浅的勒痕，是结束的仪式
而剪断的瞬间，又是一种新的开始
在水里沸腾过后，膨胀，变软。进入
一种更紧密的拥抱。以沁人的清香
再一次还原生命的柔韧。她起身
将散开的粽子扎成一把，学母亲的模样。

（2021-6-22）

# 镜中对话

◇ 你突然掩面不敢看自己
◇ 你也觉得自己可能输给了
◇ 镜子里的那个人。善意
◇ 在外面也在里面，真相
◇ 有时候重要，有时候不重要

# 原谅

我能否原谅此刻的自己
一只练习绕行的小狐狸
遇到的门是宽的，路是大的

（2021-5-4）

# 在黑夜，驶入隧道

一列火车不断提速，磨紧了铁轨与石子的榫
而在我们抵达第三人称时，滑向了柔棉的鸟声
它驶向爆破的出口，假装迎来安静的黎明

（2021-6-4）

# 爬雪峰

双脚在风中忐忑不安
彻夜攀爬，抵达的峰顶
是别人踩在脚下的低处
眼里满了真实的泪水
即将坠落，如果足够幸运
能落在一块干净的石头上
将凝结成黎明前的一抹光辉
我看着它如何造出冰来
就像看着一只鸟
如何反刍它翅膀的记忆

（2021-5-11）

# 盗火者

那个兜里装着细烟的男人
另一个兜里装满了烧焦的沉默
一个手势就可以重启的燃点
另一只手却拱出弯曲的弧度
这是一场黑暗中的仪式，忽闪的星火
带领一双翅膀潜入重叠的影子
而再小的烟花，也逃不过消失的命运
他弹去灰烬，轻如虚幻的谎言
不需要落下，就已经被生活原谅。
半掐在水里的烟头，不情愿地屈膝
为了恢复，膨胀出一条灰色的曲线
空气中烟草的气息，凶猛地
在这场缄默的燃烧中，破碎自己

（2021-6-24）

# 手套的伤口

早晨六七点，进入布谷鸟时间
她在一块成长的石头里练习醒来
一只正在拉动触须警报的幼年蟑螂
虚构了一场拖鞋制造的轰鸣
客厅里所有的凌乱，都有条不紊
灰尘在蔓延属于微小角落的废墟
她试图戴上手套，操练魔法
但右手习惯性地将左手的羽翼折断
她在阅读手套伤口的时候
想起了，新买的高跟鞋
写进了菜市场污水坑的痕迹
她举起赤裸的右手，注视着
食指关节那道未愈合的肉粉色
想起此刻……
院子里满树的合欢花正在飘落

(2021-6-10)

# 破壳

你在一个密不透风的空间外
等候一场自内而外的盛开
一个受惊的声音，
从彻底的黑暗里冲出一个破口
在缝隙里学习自由呼吸
它湿答答的黑色毛发
编织出一个破朽的摇篮
让你忍不住回头捡拾的
还有它孱弱的肺部
你像被一条脐带反噬
在这一刻重新认识自己

（2021-5-25）

# 练习打伞

大雨里，一件淋湿的衣服
在忏悔中学习虔诚
雨还没有停，
有些错误，还会持续不断
雨越下越大……
听不清，谁在雨中呐喊叹息
它们的迸发，从来就不需要谁
在雨中，递出一把伞来

（2021-5-15）

# 轮到你的时候

轮到你的时候
早已不是第一双在风中哆嗦的膝盖
咯吱声从骨头里钻出来
在前进的路上吃力地重复着旧的痛
信仰可以造，只要把攀爬变成唯一的目的
虔诚就能抵达。执念是一阵刮向寒冬的风
当你醒来的时候，房门紧闭着
你的骨头被闷出一身冷汗

（2021-5-11）

# 输给镜子里的那个人

你突然掩面不敢看自己
你也觉得自己可能输给了
镜子里的那个人。善意
在外面也在里面，真相
有时候重要，有时候不重要
但被打开的速度，一定不能太快
就像我们没有勇气吞下透明的玻璃
所以，请把打碎的速度调慢一些

（2020-12-10）

# 镜子与海

从某一天开始，你看懂了
镜子与海的故事。镜子
也有着五百米深的过去
突然涌入的黑暗，让它具有了
海的深渊，那里面住着两个
交织缠绕的清冷的面孔
他们企图冻结镜面
却让波浪来得更凶猛了些

（2020-12-20）

# 螺丝的呐喊

还要再拧紧一点
是螺纹，就该履行吻合的使命

靠岸的渔轮，该给缰绳松松绑
过于亲密的靠近，会让缓解摩擦的轮胎
发出钻入骨密度的"吱吱"声
那是一种呐喊
推开的距离，刚够我们透一口气

（2021-4-12）

# 紫色的月亮

外婆用织渔网的尼龙绳
给断石墙缝补出一个弯月牙
紫色的豆角花，缠绕着弯月牙
开始疯长属于它的小小的固执
夜凉的石凳上，"咯吱"的藤椅上
外婆用好听的闽方言
唱着一枚紫色的月亮

是怎样的我，再次
遥望到了那枚好看的月亮呢
是此刻，倾靠你心房的我

（2021-4-12）

# 月光沉默

那里月光沉默，连同这些
火一样的记忆。所有的故事
结局都是零度，即使
用小说家的感叹号，和肋骨
沁出的汗水。一次次集结
沉默在深处的爆发。月光下
倾泻的水汽漫过黑暗，熨烫石头
模糊故事，分不清谁是主角
也分不清此刻，在颤抖的
是省略号的哪一点……

（2020-12-14）

# 驶进一组数字

动车驶进山洞
驶进一部长方形的古装片
霎时间，绿色的阳光
格子田、白鸥点
像一则插播的彩信
安静地陈列在洞口
前进，切割了这份陈列
像一组偶然复现的数字
将经纬两端的思念
织就的网，切割

（2021-4-29）

# 我们去看海吧

淋着蒙蒙的细雨，穿过废墟
海风的腥咸扑面而来
芦苇在风中已摇曳了很多年
远处是波涛的清响
是月光下银色的光华
我们却用暗语打开近处
躲进一只蚌的腹部，寻找
一颗鲛人的眼泪

（2021-2-22）

# 鱼的记忆

不知从何时起，身体里面
开始游着鱼的记忆，它会随时
猛扑过来，向幽森挺进
暗夜里可以聆听到大海的澎湃
那是一种来自深处的涌动
会唤醒肋骨的饥饿，且让你很难
与这种饥饿保持一定的距离
它会一次又一次，呐喊你的名字

（2020-1-10）

# 小小的春天

阳台上，一棵百合正在等待
等待绽放，是每颗种子的理想
只有浸泡过无数场夜雨
春天才能成为她的气息
她抬起头，世界才刚刚认识她
关于种子的故事，她还未
来得及还原，蜗牛爬来了
拿走了她唯一的，小小的春天

（2019-3-1）

# 貔貅的温度

为了垂钓，你一次次
来到这里，这里刚下过暴雨
有两条山溪悬挂，对峙较量许久
最终汇合，流成一段无力的关系
你坐在一座旧庙前，靠着身后
这尊貔貅。抚摸着它那对
不可展的羽翼，继续练习垂钓
你想起，暴雨来时山溪汹涌
大水漫涨到貔貅的翼部，它丝毫
不在意，那只乖巧的小画眉
仍伏在它的翼上。你钓上了
那些它们曾经用过的摩挲
至今还留着温度

（2020-3-18）

# 我们的哀歌

将抽屉里的信封，装进
贴身的口袋。用黑色的笔迹
划掉你认真时的微笑和神秘的吻
它们可以取暖多久，心就需要
被封印多久。别忘了已经落在
眉间、额头和手背的温度
不会持续太久。叠加起来
也抵不过，燃成灰烬的文字
残留的余温。没有人会哭出来
泪水没有粘连的属性，我们
像被打开的信封……

（2020-12-26）

# 那年的小青石

你很清楚，海景不该在窗子里看
你需要打开门，走出去站在海边
感受海风里的盐度。你不需要
固执地认为，只有握在
手里的这枚小青石，才能
抵达那年的夏天。你松开手
沿着海面自由地画出弧线，你依然
可以闻到那年海水的气息。
就像有些声音，你以为
越响亮越能惊吓人，而
真正打碎你的，是悄无声息

（2020-11-26）

# 想带一粒种子走

那粒种子，攥在手心已经很久
无论走到哪儿，都紧紧攥着
空气中，总有一股逃出来的香气
停下脚步的瞬间，你试图
用手心的汗，催促发芽
但你松开手时，竟从里面爬出
好多又大又黑的蚂蚁
还有一条长了獠牙的毛毛虫
把梦中的你，咬得痛醒

（2019-3-11）

# 归宿

坐在温暖的暗格旁，一条藤
向你爬来。悄悄缠绕在
埋伏了很久的黑盒子上
你带着盒子去翻围墙，藤
却爬得比你快。盒子不见了
你跑回暗格，找了很久
只找到了一个叫"归宿"的名词

（2018-7-8）

# 半个你

你催开了一朵花
花竟跌进春天里
你洞开了一片黑
黑就撕开了光明

你来的时候
世界亮了
你去的时候
春天走了

来去的中间
我还是我
你却只有半个你

(2018-3-21)

# 戒

戒掉一个人
戒掉另一个人

(2018-10-16)

# 七夕

这天，我梦见
高山和村庄不再对视
一个投下影子
一个升起炊烟
那影子像极了另一个你
那炊烟像极了另一个我

（2018-7-7）

# 醒来，看桃花

小小的风很吵
一枝乖巧的桃花
开在凌晨两点的风里
没有观众，只有黑色的深渊
她朝着无法描述的自由盛开
像水下的藻类，落入深海

（2019-11-26）

# 停下来

有时，你搞不清楚
为什么停下来，不是
不想前进，而是速度太快
你不想，翻山越岭才有的开始
乘着光速，就到了结局

（2018-6-20）

# 自嘲

放下行李
热腾腾的面，上桌
窗外是滴答的雨景
对面没有你
我却看到了
你满脸不受抑制的纯真
为此，我臊红了脸

（2018-3-1）

# 躲雨

雨越下越大
他在看雨，她在听雨
偶尔他们抬头相视
雨砸出了一声声寂寞
他踩响了深深浅浅的水坑
她，欲言又止却习以为常

雨越下越大
他们还是没有说话
溅开的水花怒放着他们的沉默
沉默是那样地小心翼翼

（2017-12-1）

# 关于月亮的微笑

是从什么时候开始
我觉察到自己有了月亮的微笑
我很清楚，这与你有关
我愿意因着你的缘故
让它随时、随地毫无征兆地来
因为事实上，我控制不住它
就好像，我向来无法左右
你，以及你的爱

（2017-12-1）

# 一个擦掉的名字

是布谷的叫声打碎了这个清晨
让我闻到了泥巢的湿气
来到早市，那冒烟的豆腐
为我温了一碗淳朴、清冽的小时候

是掉落在许多个梦里的回忆
还原了他老师的身份
他停靠在黑板上的那截粉笔
早已被磨成齑粉，剩下一个擦掉的名字

昨夜，还有很多人和我一样
在想念这个名字

（2020-12-1）

# 桃核，发芽了

一颗桃核在花盆里不语
你听见了属于植物的沉默
深入土壤的根系把雨水长成须状
青苔抽出了嫩黄色的希望
孤独也在发芽，却没有生根
总有些东西，如此急切
却被搁置

（2020-10-13）

# 野草莓

此刻，我正被一枚覆盆子，捕获
它长在荆棘丛中，燃烧着神奇的火焰
它红艳的样子，像一位新娘
当它穿上嫁衣的那一刻
并不知道委身的代价

（2021-5-3）

# 征战

我负上执念的轭
彻夜行走在清醒里
窗外的雨声敲打着思绪
疼痛的文字，像缠绕在
钢丝衣架外的塑料皮
开始一层层剥落
暴露出来的刚硬
才是真相的骨骼

（2021-5-4）

# 孤独的猫

◇ 我见证了一只鸟的绝望
◇ 它无数次撞击透明的玻璃
◇ 把仅剩的希望撞进麻木里
◇ 它的双翅已将自由过度劳损
◇ 但仍然一次次梳理自己的羽毛

# 将大海的孤独勒紧

海上渔轮偶尔驶过一座小岛
令他们欣喜的不是港口
而是可以捕捉的 WIFI 信号
徐徐前进的轰鸣声
早已化作了海浪翻涌的弧线
镀金的日出，蓝黑的深洋
隔着无眠的渔火
才看清了我们浅海区的认知

一个船上的孩子告诉我
船靠着船进行捕捞作业就叫船帮
有些渔区，可以分享拖网作业
他们用在浪里翻滚后的渔网
将大海的孤独勒紧

（2021-4-13）

# 对一只鸟的见证

我见证了一只鸟的绝望
它无数次撞击透明的玻璃
把仅剩的希望撞进麻木里
它的双翅已将自由过度劳损
但仍然一次次梳理自己的羽毛
在太阳重新升起的时候
它就像，在抚平一张揉皱的纸
距离下一次起飞，它只差
一双纸飞机的翅膀

（2021-1-7）

# 干净是个寂寞的东西

超市货架上摆放的肥皂
并不知晓自己会成为
哪件衣服的摆渡者
但它，总能洗掉一堆旧事

藏匿在黑墨深处的汉字
也不清楚哪支笔
将流淌出它们的血液
但它们，总能倾倒一些心事

当它们甘愿被消失
就注定要向后退得更远
晒干的衣服和被表达的文字都很干净
但干净是个寂寞的东西

（2021-1-7）

# 诗和鸡蛋有关

如果，诗和鸡蛋无关
那就没有一堆的破碎和凝结后的金黄
它们不会随便柔若无骨，不会随便
任筷子搅拌
它们原本的样子就很完整
只要一点火候
就可以闻到它们的香味
然后，看见它们的另一种完整

（2020-7-8）

# 想要发怒的时候

想要发怒的时候
总有一个声音
会站起来，告诉你
生活是个结巴
在你以为的终点后面
还跟着一个无限循环小数

（2021-1-15）

# 读心术

当当是一位可爱的大叔，喜欢遛狗
他总说狗儿喜欢识字
昨天，他说起自己的狗儿
已经念会了周边所有的广告牌
就因为犬条例，送给了一家宠物所
他说到养了七年的时候，眼神凄迷
仿佛说的是他马上要读一年级的孙儿

（2020-8-29）

# 笓柴

想起写笓柴，不是因为外婆
也不是因为，那段时光可以取暖
仅仅是因为想不起笓柴时
总摘的那味中药，叫什么
只记得它长得像颗绿色的子弹
前端装着刚发芽的童年
晒干可以上膛，用来保护
空荡荡的人群

（2021-1-15）

# 采石场

雪，落在采石场
被洗涤过的命运，变得干净
有一些石头，成了房角石
有一些石头，沉浸在溪流里
还有一些石头，抱着坚定的信念
变得更像石头

（2021-1-6）

# 剪发

被剪下的头发
是一堆凌乱的黑
像脱轨的列车
渴望被接回，它们刚刚
还在往不同的方向前进
此刻，却被一段冰冷的金属
拦腰截断，还被掏出了
潜藏在身体里面的
最后的倔强

（2021-4-6）

# 想去天堂的人

明月嵌在黑夜的眼睛里
看见了好人，也看见了歹人
抬头的，是一个想去天堂的人
他双眼紧闭，不住地喊着"主啊主啊"
喊得太狠了，眼泪开始颤抖
连一小块灵魂也跟着抖落下来
紧接着，他的肉身开始祈祷
请求他的灵魂得赦免
他仿佛看见了天堂
却不认识上帝

（2020-8-20）

# 那是，雨来了

毫无征兆地醒来
没有大风、闪电和雷声
只有蹦跳、翻滚和汇合的声响
那是，雨来了
我能听见，那件孤单的衣服
抓着绳子在哭泣
但我，并不打算起床
既然水仙、吊兰和彼岸花都湿了
你的眼角和你的快乐也湿了
那就让这件衣服也湿了吧
从外到里，再从里到外

（2020-4-11）

# 网

房角，挂着一张结实的网
吹过不同方向的风
落过不同体积的雨
并不见破损
一只蜻蜓误落网中
努力振翅，犹如磨剪
整整一天，仍不见它剪开什么
只见它把复眼瞪得极大
仿佛想让路过的人
从它的小眼里面
看到六角形的绝望
这样的时刻
多像有时候的我们

（2020-8-18）

# 电源

他与凌晨的距离越来越近
在他空旷的大脑里
无法唱出蝈蝈的催眠曲
有个躲在电动灯笼里转圈圈的小人
正站在对门，监视着他
他开始不停地与自己摔跤
但他没有摔赢时间
他不得不起床
去拔掉，别人的电源

不远处，一场午夜的电影还在播放
转圈圈的小人成了主角
它一直在前面指引，嘴里还说着什么
他一跟上，它就消失
他怎么也抓不住它
就像他怎么也拔不掉，自己的电源

（2020-4-15）

# 那所房子，黑着窗

一个陌生人
开车载你去目的地
你带着一个伤疤出门
为你付费的
是一个俗套的故事
你下车的地方是所房子
那里，黑着所有的窗
你掏出的钥匙不需要转动
就可以打开黑暗，就像
黑暗不需要密谋，就可以打开天亮

（2020-5-15）

# 隐秘的胸针

这是一个长在暗礁上
长在浪尖处的种族
作为一枚隐秘的胸针
被摘下后，它们会选择退白
或退回大海

藤壶是大海最坚硬的那枚胸针
自我孕育、自我铸造
我们呢？当人间退去潮水
我们又将被别在何处

（2020-7-25）

# 花的告别仪式

你从来没见过一朵花
躲进土堆里，开出了
一朵青色的墓碑

（2020-11-13）

# 9 · 12，周末晨起

（一）

晨跑时，看见
一棵柚子树，挂满果实
却不曾想过，是什么让时间
这个东西长成了圆形

（二）

早餐店里，收拾碗筷的阿姨
忘记按下暂停键
致使有人，怎么也接不上
那段断了的记忆

（2020-9-12）

# 风吹皱了思绪

褐色的雨痕
流皱了枯木
精灵般的菌丝
在雨后
擦亮了一张老脸

石头也有雨痕
它的爱生来就被凝固
雨敲不开它的心门
石头哭了

风来了
吹皱了思绪
世界的凌乱，那样有条不紊

（2017-7-12）

# 月季的眼睛

那朵初开的月季
有一双小小的眼睛
可以看见你的心

昨天，起风的时候
白头鸟藏进格桑花丛里
月季都看见了

那双眼睛，还看见了
一个温柔的世界
就在你丢弃的荒废里

(2017-6-12)

# 夜里啼鸡

深夜，有属于他自己的声音
冲厕水因为沉淀，会咆哮起来
木头因为欲望，会失声嗷鸣
公鸡因为天职，会不懈啼叫

你把他的声音调淡一点
你把他的声音调真一点
你把他的声音调暗一点
失眠，就容下了他

（2020-8-22）

# 拔牙

"哐当"一声
金属托盘接住了
镊子和钳子的冷光
一颗智齿在冷却

牙本质的白里
透出蜜蜡般美丽的黄
牙痛，源于针眼大小的虫洞

而你的痛
像一小枚刚刚被拔下来的灵魂
和着血和肉
一直在结痂一个愈合不了的伤口

（2017-8-2）

# 梦

深夜里，窗开了
扔进一把生锈的锯子
一整晚的时间，梦被锯断
木屑又把残梦塞满

你感觉仿佛有水漫过头顶
你突然想到了什么
拼了命的
用手脚和喉咙挣扎

窗却怎么也关不上
更不幸，鸡叫了

（2017-7-2）

# 十分钟

熄火，静坐十分钟
我用一首赞美诗歌的时间
卸下了这一天的戾气

（2020-11-3）

# 凶手

大雨把夜洗过之后
早晨也把你的眼目洗过
一条灰胖的毛毛虫
借着黑夜扭进你失眠的瞳孔

你像往常一样，用一片枯叶
遮盖一场杀戮
为此，你暂感大快人心

似乎，有某项使命在此刻被完成
你的得意忘形，
却被一只美丽的蝴蝶破解了

（2019-12-12）

# 初夏

远处田间，蛙声晃动小草
在暴雨中疯长
野豆荚饱胀如临产的孕妇
每拔一株，都要炸开好几次

这一次，它把自己炸到了一张网上
那是一张昨夜的蜘蛛刚吐的网
这个醒来的夏天
一睁眼，就被写进一份
庞大的契约中，并且目睹了一次
隐忍的灼痛，和欢欣

（2018-10-9）

# 夜·初放

夜的路很明亮
有长时待命的路灯
也有短暂飞驰的车灯拉出的光

夜的院也很明亮
留守的小白灯
彻夜不眠
初放在悄悄里发生

老根用力挤出的新绿
终于冲破了雨前
闷在巨大寂寞里的褐色树皮

我看不出
一朵纯真
与有心或无意的灯光，有什么关联

(2018-10-16)

# 存活

拧开水龙头，一只蜘蛛
从水管里逃窜而出
这样的惊慌似曾相识

你摁住思索的零件
默默浇花，看见
裂开的土地像海绵一样吸着水

你明白了，生命
可以在缝隙里，存活

（2018-10-12）

# 一把未带来的雨伞

我撑着一把未带来的雨伞
跑在雨夜的路灯下
全身湿透

灯下投来的树影
让我停下来合起了那把伞

面对大街
我轻跺了一脚地砖
一注污水
溅在小白鞋上——
我总是在破坏，常常站到生活的反面

类似的场景
总在给我反复发出警告：
请收好这把伞

（2018-10-9）

# 后山的野紫藤

后山开了一株野紫藤
仅此一株淡淡的紫

在暮春的雾海
那一抹紫的明亮
别在了驻足者的心上

黑暗降下
你竟在窗缝里钻出的灯火中跳跃

野紫藤
你在孤独的乐园里
绽放，固执

只因你
落在了那里

（2017-10-9）

# 在油菜花地

一双旧胶鞋
尾随一只蜜蜂
探到回家的路

光着脚丫
嵌入金色的泥土
踩到了童年的深度

蜜蜂汲出了远逝的时光
干净的笑声
濡湿眼前的风景

路上
一个叫小时候的家伙
正穿着那双破胶鞋
在虚度全世界的金黄

（2018-4-19）

# 恩赐

清晨，久违的阳光
斜斜地透过窗户照进来
我不禁拉开阳台的门
去寻找你与世界的微笑

靠着门，抬起头
你拂去了我昨夜的梦魇
也淡去了我苦恋的忍冬花的模样

在指缝的流光里
我听到了远山的心跳
和你摩挲大地的声音

（2018-3-9）

# 她像归巢的蜜蜂

她像归巢的蜜蜂
站在码头，等待一个信号
不慎，手机掉进了水中
信号和幸福都消失得太快

她的孩子采来
一枝刚开的桃花和一根大吴风草
开心地对她说，看
我找到礼物了
微笑和释怀也来得很快

（2021-3-14）

# 妥协

他出生在海边
本该以捕鱼为生
但最终选择了与锄头相伴
两年前，他95岁
仍在自家墙根下种豌豆
豌豆花开在风中
低下头的样子
他觉得，像极了
海浪向他妥协的样子

（2021-03-14）

# 你是个聪明的孩子

是不是这样
你觉得乏了
有点儿不耐烦了
并不为别的缘故
你就想走了
向着远远的那一条路

你真是个聪明的孩子
我多想也这样聪明一回

(2012-6-6)

# 咳嗽

下楼扔垃圾时
对面走来一个人
他憋在口罩里的那一声
咳嗽
不小心漏在风里
他可以判断自己的咳嗽是健康的
但他不能判断
对面这个人
对世界的怀疑是不是在扩大

（2020-2-6）

# 心电图

近日，《人民日报》新媒体刊登了
一截心电图
它的横坐标是一串的时间
它们一直在往右走
它的纵坐标有很多
新增确诊病例数
累计治愈数和现有确诊数
现有疑似病例数
还有隐形的死亡人数
这些数据一直在抢电压
它们每一天都在变化、交织

期盼正常 P 波的人，实在太多
他们早已承受不了高尖或是双峰

（2020-2-16）

# 小女人

放心
那个小女人
已被我打成了包裹

经过一整夜的数落和嘲笑
她终于认真地把自己写成了一行地址
打算，寄到远方

（2016-3-1）

# 意志

一只羽毛
飘到云的高度
挡住了云上太阳

(2016-8-1)

# 麦芽之光

◇ 照见你，刚开始爬楼梯的

◇ 样子，没有掌声没有喝彩

◇ 都没有关系，即使像一根

◇ 初发的麦芽，风一吹

◇ 你就哆嗦……

# 小麦芽

秋天的树叶搬了家
春天的豆荚生了一群胖娃娃
夏天的冰块和太阳捉迷藏
冬天的火车受了委屈，进隧道
是什么比雪的亮光还要晶莹
是雪被下钻着尖尖脑袋的小麦芽

（2021-4-27）

# 绿邮筒

儿子在路边，发现了
一个绿邮筒。那是一种
变旧的绿，锁眼长满铁锈
在盛夏的蝉声里，儿子被怂恿
投递一片叶子。他记住了这种
怂恿，每次经过都要投递一遍
儿子以为，孤零零的邮筒
也能完成一次次邮递

（2018-2-2）

# 我们的游戏

天已经暗下来，黑夜与
黄昏的游戏又要开始了
你口中最可怕的"黑怪"
就要来了。那个保护你的
"天使"，还在和你捉迷藏
只有装睡，才能找得到
别说话，别说话
月亮已经出来啦
"黑怪"正在慢慢地融化

（2018-6-1）

# 魔法

这个春天，你突然
从新芽期进入了始花期
对着我叫出了那么多植物的名字
莎草科的，茜草科的
龙胆科的，十字花科的
你叫出的每一朵花
都站在地球仪上列阵欢迎你
这是一种多么让我开心的魔法
让我的小时候，可以继续迈着步伐

（2020-6-1）

# 雷的碎片

那是凌晨三点，雷从四面八方
滚进我的窗户里、我的耳朵里
还有挂在墙上的时钟里。你听
又一声雷，摔在了我的院子里
别借闪电的那点光，往外望
我的院子里全是雷的碎片，耳朵里也是
还有那个拉着窗帘的小时候里，也全是

（2020-5-13）

# 种百合和葱

把百合和葱一起种下
它们共同站在土壤里，生根
同样都长了茎盘，同样都是
白色。一个向天上开出了花
一个向地下开出了花。到底
长了什么，土壤看见了
但，没有人知道

（2020-5-18）

# 土壤

土壤不会随便露出肤色
不会随便，在风中皲裂
为了种子，土壤会缝合
自己的伤口。如果再次
裂开的话，一定是因为
种子的分娩

（2020-5-27）

# 守候

昨晚,在竹林、虫鸣、溪声里
遇见了畲乡,还有六岁的金毛
它有一个兄弟叫卡尔,它用
尾巴当扇子,为远道而来的人
纳凉,这风是淳朴的
静谧的夜特别长,你一定没听过
傍山而居的校园,呼吸的声音
那样充满活力,简单的
存在,不弃地守候

(2020-11-17)

# 大地迈步

有人在间隔荒芜处
围了几垄土
种了番薯
从高处往下看
像神留下的脚踪
从下面往上看
像大地迈步
要走出贫穷

（2018-7-17）

# 那只天牛

母校那棵树，还在结果子
结了一树的绿弹子
它还长着同个方向的丫枝
投下同个姿势的树荫

只是那只天牛，不在了
以前它就躲在墙角的这张抽屉里
偷偷地嚼着我的头发
记不清它的触须上长了几节斑纹

但记得它钻进
我告别时的背影
仿佛一个羸弱的老者

（2016-11-17）

# 告诉下一个时辰的你

清晨，一颗熟透的
草莓，溢出红色的春天
你不过 5 岁，闻着甘甜的
露珠，小嘴不自觉地咂着
我也忘记了昨夜的风和雨
听着你咯咯地笑，我绝不会恼
我会把春天告诉你的
告诉下一个时辰的你

（2016-6-1）

# 麦芽之光

舞台上，那个
还没发育好的声音
被称赞的时候
小小的眼神里透着光
也给你打一束光吧
照见你，刚开始爬楼梯的
样子，没有掌声没有喝彩
都没有关系，即使像一根
初发的麦芽，风一吹
你就哆嗦……

（2020-10-15）

# 跋

确切地说，我是在 2020 年才开始对诗有了幡然的醒悟：

　　它们原本的样子就很完整

　　只要一点火候

　　就可以闻到它们的香味

　　然后，看见它们的另一种完整

诗，需要破碎原有的自己，需要来自生活的淬炼，需要将思绪重组，才能成就另一种完整。这个完整的过程于我而言是跳跃的、灵动的、破茧而出的，是在这之前的六七年时间里，我徘徊于零星的诗意当中，猛然抓住的一束光、一串省略号、一片拔下来的灵魂……

在这个破碎到重构的过程中，我惊叹于那些沉寂在记忆当中的亲情、爱情，以及其他一些复杂的情感是怎样被一一唤醒，怎样在文字的编织中，领我步入诗歌创作的"始花期"，让我觉得一切才刚刚开始。

《镜中对话》是本短诗选集，分为四辑：《五色章鱼》《镜中对话》《孤独的猫》和《麦芽之光》。其中《五色章鱼》是亲情篇；《镜中对话》和《孤独的猫》是自我篇；而《麦芽之光》则是写给我的儿子和学生的童诗，不多，只有十几首。

前面三辑中，有很多挥之不去的记忆，如同章鱼的触手伸向过去，长长短短、深深浅浅。说起"五色章鱼"就会想起小的时候，有一次，父亲出海捕鱼回来，途经现在的深门大桥下方水域，漩涡似桃花般绽开，一只来自深海的章鱼浮出水面，父亲将其捕捞，那晚，那只表皮五彩斑斓的章鱼成了全村人围观的焦点，它就像一枚勋章，为父亲渔民的身份增添了光彩！然而，煮熟后的它，竟成了我童年时的噩梦，每到夜里总会想起。那天晚上，我因为吃下一只小触手，而被邻居诓哄会被章鱼仙带回深海。以至于半夜里，因为胃里有东西翻江倒海，吐得稀里哗啦，而第一次想象"死"的可怕。后来才知晓，这种深海章鱼，幼儿不宜食用，若食之，就容易呕吐。自此，我也明白了外表光鲜亮丽的事物，其内里实则是难以驾驭的……

　　类似的、难忘的片段，俯拾即是。过去的时光就如同一剂剂温补的良方，滋润着当下——这个孤勇的我！

水之光
2021 年 5 月 4 日于浙江温州洞头北岙